LA FILLE DU MEUNIER

Dixième Série (*ancienne huitième*). — Format petit in-8°.

Il la conduisit dans une chambre pleine de paille

LA FILLE
DU MEUNIER

PAR

PAUL LARGILLIÈRE

Illustrations de **PAUL HENRY**

PARIS
LECÈNE, OUDIN ET Cie, ÉDITEURS
15, RUE DE CLUNY, 15

1893

LA FILLE DU MEUNIER

Il y avait une fois un meunier très pauvre qui avait une fille d'une merveilleuse beauté. Un jour, il eut l'occasion de parler au roi, et pour se donner de l'importance, il lui dit :

— J'ai une fille qui file de l'or avec de la paille.

— C'est un talent qui n'est pas à dédaigner, dit le roi ; si ta fille est aussi habile que tu le prétends, amène-la-moi demain au palais, je veux la mettre à l'épreuve.

Quand la jeune fille se trouva en sa présence, il la conduisit dans une chambre pleine de paille, lui donna un rouet et un dévidoir avec des bobines et lui dit :

— Mets-toi à l'ouvrage, travaille le jour et la nuit, et si demain matin toute cette paille n'est pas en fils d'or sur bobine, je te ferai couper la tête.

Puis il ferma la porte et la laissa seule.

La pauvre petite meunière ne savait comment s'y prendre ; elle n'avait jamais eu l'idée de faire du fil d'or avec de la paille, et elle était tellement épouvantée de la menace du roi qu'elle se mit à pleurer. Tout à coup la porte s'ouvrit et livra passage à un petit homme qui dit :

— Bonsoir, mademoiselle la meunière, vous avez l'air bien affligée. Pourquoi pleurez-vous ?

— Ah ! répondit la jeune fille, je dois filer toute cette paille et la mettre en fils d'or sur ces bobines.

— Quame donnerez-vous, demanda le petit homme, si je vous fais cette besogne ?

— Le ruban que j'ai au cou.

— Va pour le ruban.

Le petit homme le prit, s'assit devant le rouet, et rrr, rrr, rrr, rrr, en trois tours de main, il y avait un tiers de l'ouvrage d'achevé. Puis rrr, rrr, rrr, rrr, un second tiers. Et enfin jusqu'au matin il ne cessa de filer, de tourner, de bobiner. Au point du jour toute la paille était en fils d'or sur les bobines. Quand le roi arriva et vit tant d'or, il fut extasié et se réjouit ; mais comme il était avare et cupide, il conduisit la fille du meunier dans une autre chambre beaucoup plus grande que la première et également pleine de paille, et il lui commanda de filer cette paille, et de la mettre en fils d'or sur les bobines. Si la besogne n'était pas faite le lendemain, ce serait la mort.

La jeune fille, désespérée, pleura et sanglota. Mais la porte s'ouvrit et le petit homme reparut et dit :

— Mademoiselle la meunière, que me donnerez-vous si je vous fais cette besogne ?

— Mon anneau d'or que j'ai au doigt, dit-elle.

— Va pour l'anneau, dit le petit homme.

Et rrr, rrr, rrr, rrr, il fila, bobina, puis rrr, rrr, rrr, rrr, fila et bobina encore jusqu'au lendemain matin. A l'aurore toute la paille était en fils d'or sur les bobines.

Le roi fut émerveillé à cet aspect ; mais comme sa soif de l'or était insatiable, il dit, en l'introduisant dans une troisième chambre, beaucoup plus grande que les deux premières réunies :

— Tu mettras toute cette paille en fils d'or sur bobines. Si c'est fait demain matin, je t'épouserai et tu seras reine, sinon tu mourras.

Et il ajouta à part lui :

— Ce n'est qu'une fille de meunier, mais je ne trouverais pas de femme plus riche au monde.

Quand la jeune fille fut seule, le petit homme revint pour la troisième fois et demanda de nouveau :

— Que me donnerez-vous, si je vous fais cette besogne ?

— Hélas ! dit la jeune fille, je ne puis plus rien vous donner, je n'ai ni parures, ni bijoux.

— Eh bien, promettez-moi que lorsque vous

serez reine, vous me donnerez votre premier enfant.

— Quand je serai reine ! répéta la fille du meunier ; je ne le serai jamais, je puis donc vous faire cette promesse. C'est entendu.

Et rrr, rrr, rrr, rrr, le petit homme fila, bobina, et mit toute la paille en fils d'or sur les bobines.

Le roi vint le lendemain, trouva l'ouvrage achevé, se persuada que la jeune fille du meunier était une fileuse incomparable et lui donnerait les plus grandes richesses qu'il y eût au monde, et il l'épousa.

Un an après, elle mit au monde un bel enfant. Elle avait complètement oublié le petit homme. Mais voilà qu'il entra tout à coup dans la chambre et réclama l'exécution de sa promesse.

— Je vous donnerai à la place de l'enfant, dit la reine, tous les trésors du royaume.

Mais le petit homme répondit avec obstination :

— Non, j'aime mieux un trésor vivant : chose promise, chose due.

Alors la reine pleura, se lamenta, se désespéra, si bien que le petit homme fut ému de pitié.

— Je vous fais trois jours de crédit, dit-il ; si au bout de ce temps vous me dites comment je m'appelle, vous garderez votre enfant, sinon je l'emporte.

La reine passa, dans la nuit, en revue tous les noms du calendrier et les apprit par cœur, puis elle envoya des messagers dans tous les pays, pour savoir quels étaient les autres noms que l'on pouvait porter et elle les confia également à sa mémoire.

Quand le petit homme reparut, c'était le premier jour, elle commença par Gaspard, Melchior, Balthazar, puis fit l'énumération de milliers de noms qu'elle avait appris, et à chacun de ces noms, le petit homme secouait la tête et riait :

— Nenni, vous n'y êtes point.

Le second jour elle fit dresser par l'un de ceux qui savaient écrire dans son royaume un catalogue de tous les noms les plus extraordinaires que l'on eût jamais donnés à un enfant, et elle les apprit encore par cœur.

Et le petit homme vint et demanda :

— Eh bien ! quel est mon nom ?

La reine devida de nouveau son chapelet : Crépin, Denisot, Euchaire, Godard, Guillibaud, Jodelet, Kahouanne, Niquedouille, Protoveinard.

Le petit homme riait, riait à se tenir les côtes et répondait :

— Nenni, Madame, nenni, vous n'y êtes point du tout.

Le troisième jour, le messager chargé par la reine de recueillir les noms les plus bizarres, les plus extraordinaires, les plus inconcevables, revint, craintif et confus :

— Madame, dit-il, je n'ai plus aucun nom nouveau à vous apprendre, vous les savez tous. J'ai parcouru le monde en tous sens par monts et par vaux, j'ai tout interrogé ; mais en arrivant dans le bois, à la clairière où le lièvre et le renard se disent bonsoir, j'ai vu une petite cabane devant laquelle brûlait un grand feu, et autour de ce feu dansait follement, sautant et cabriolant, un petit homme qui chantait :

> Traderiri ! Traderira !
> Bien malin qui devinera
> Comment le bonhomme s'appelle.
> Ce n'est ni pincette, ni pelle,
> Ni crémaillère, ni fourgon,
> Car il se nomme Martagon.

Vous jugez de la joie de la reine.

Bientôt après le petit homme apparut, triomphant :

— Eh bien, Madame la reine, quel est mon nom ?

— Jean ?

— Non.

— Jacques ?

— Non.

Alors la reine chanta :

> Traderiri ! Traderira !
> Bien malin qui devinera
> Comment le bonhomme s'appelle.

Ce n'est ni pincette, ni pelle,
Ni crémaillère, ni fourgon,
Car il se nomme Martagon.

— C'est le diable qui vous l'a dit, s'écria le petit homme en fureur, c'est le diable.

Et, dans sa colère, il frappa tellement du pied, qu'il enfonça sa jambe droite dans la terre jusqu'à la ceinture, puis il saisit avec les deux mains sa jambe gauche, et la tira si violemment qu'il se déchira en deux.

PAILLE, CHARBON, FÈVE

Dans un village demeurait une vieille femme pauvre, qui avait ramassé un boisseau de fèves et voulait les faire cuire. Elle fit du feu dans le foyer, et pour le faire prendre plus vite, elle l'attisa avec une poignée de paille.

En secouant les fèves dans la casserole, elle en laissa par mégarde échapper une qui tomba juste à côté d'une paille. Au même instant un charbon ardent sauta du foyer jusqu'à eux.

La paille dit :

— Mes bons amis, d'où venez-vous ?

Le charbon répondit :

— J'ai eu la chance de m'évader du feu, et si je n'avais pas bien pris mon élan, ma mort était sûre, j'aurais été réduit en cendres.

— Moi aussi, dit la fève, j'en suis sortie la peau sauve. Si la vieille m'avait remise dans la casserole j'aurais été réduite sans pitié en bouillie comme mes camarades.

— Je n'aurais pas eu un meilleur sort, dit

la paille. La vieille a changé toutes mes sœurs
en feu et fumée, elle en a pris soixante d'une
poignée et les a fait périr. Heureusement je
lui ai glissé entre les doigts.

— Qu'allons-nous faire ? demanda le charbon.

— Je pense, répondit la fève, que puisque
nous avons si heureusement échappé à la
mort, nous ferions bien de rester bons amis, et
pour qu'il ne nous arrive pas malheur ici,
partons ensemble et allons à l'étranger.

La proposition plut aux autres et ils se
mirent tous trois en route. Ils arrivèrent bientôt à un petit ruisseau, et comme il n'y avait
ni pont ni passerelle, ils ne savaient comment
passer l'eau. La paille eut une bonne idée : je
me coucherai en travers, dit-elle, vous pas-
serez sur moi comme sur un pont.

Elle s'allongea, s'étendit d'un bord à l'autre
et le charbon, qui était d'un naturel pétillant,
s'avança bravement sur le pont improvisé.
Mais quand il fut arrivé au milieu et entendit
l'eau clapoter sous lui, il eut peur, s'arrêta
et n'osa pas aller plus loin. La paille prit feu,
se brisa en deux morceaux et tomba dans
le ruisseau. Le charbon voulut la rattraper
et se noya en sifflant. La fève, qui était restée
prudemment sur l'autre bord, ne put s'empêcher de rire de l'aventure, et elle rit tant et
tant qu'elle creva. C'en eût été fait d'elle
comme des autres, si par bonheur il ne s'était

trouvé là un tailleur qui se reposait. Et comme il avait bon cœur, il prit une aiguille et du fil et recousit la fève. Elle le remercia poliment, mais comme il avait pris du fil noir, les fèves ont depuis ce temps une couture noire.

LES TROIS BONSHOMMES

DE LA FORÊT

Un homme avait perdu sa femme et une femme avait perdu son mari. Ils avaient l'un et l'autre une fille. Les enfants se voyaient fréquemment, allaient se promener ensemble et revenaient ensuite chez la femme. Un jour, elle dit à la fille de l'homme :

— Ecoute, va dire à ton père que je l'épouserais bien ; tu pourrais ainsi te laver tous les jours avec du lait et boire du vin, tandis que ma fille n'aurait que de l'eau pour se laver et boire.

La jeune fille alla raconter à son père ce que la femme lui avait dit.

L'homme répondit :

— Que faire? Le mariage c'est tout heur ou malheur.

A la fin, il prit une résolution, tira une de ses bottes et dit :

— Prends cette botte, il y a un trou dans la semelle, va la pendre au plafond et verses-y de l'eau. Si l'eau ne passe pas, j'épouserai la femme ; si elle passe, je n'en veux point.

La jeune fille obéit ; mais l'eau ferma le trou et la botte se remplit jusqu'au haut.

Elle vint rendre compte à son père du résultat. Il se leva, voulant aller y voir lui-même, et quand il fut convaincu, il se rendit chez la femme, demanda sa main et l'épousa.

Le lendemain, quand les deux jeunes filles se levèrent, il y avait devant la fille de l'homme du lait pour se laver et du vin pour boire ; devant la fille de la femme au contraire, il n'y avait que de l'eau pour boire et se laver. Le second jour, les deux jeunes filles ne trouvèrent l'une et l'autre que de l'eau pour boire et se laver ; mais le troisième jour il y avait du lait et du vin pour la fille de la femme et de l'eau seulement pour la fille de l'homme ; et il en fut de même dans la suite. La femme détestait sa belle-fille et ne savait qu'imaginer chaque jour pour la tourmenter. Son aversion pour elle était de la jalousie, car la fille de l'homme était belle et aimable, tandis que l'autre était laide et désagréable.

Un jour d'hiver, qu'il gelait à pierre fendre et que la neige couvrait les montagnes et les vallées, la femme fit une robe de papier, appela sa belle-fille et lui dit :

— Mets cette robe, et va dans le bois me cueillir des fraises, j'en ai envie.

— Mais, dit la jeune fille, il n'y a pas de fraises en hiver, la terre est gelée, et il y a de la neige partout. Et puis, pourquoi mettrais-je cette robe de papier ? Il fait froid dehors, l'haleine vous gèle sur les lèvres, le vent passera à travers le papier, et les épines me l'arracheront du corps.

— Pas de réplique, dit la belle-mère, tâche de partir tout de suite et que je ne te revoie pas avant que tu aies cueilli un panier de fraises.

Elle lui donna un petit morceau de pain dur et ajouta :

— Voilà pour ta journée.

Puis elle pensa :

— Elle gèlera de froid, mourra de faim, et j'en serai débarrassée.

La jeune fille était obéissante, elle mit la robe de papier et sortit avec le panier. Il n'y avait partout où l'on pouvait porter la vue que de la neige, rien que de la neige, et l'on n'eût pu découvrir un brin d'herbe verte. Quand elle fut dans la forêt, elle aperçut une petite maison et à la fenêtre trois petits bonshommes qui étaient des nains. Elle leur dit bonjour et frappa discrètement à la porte. Ils l'invitèrent à entrer, et quand elle fut dans la chambre, elle s'assit sur un banc près du poêle pour se réchauffer et manger son déjeuner.

Les bonshommes lui dirent :

— Donne-nous un morceau de ton pain.

— Volontiers, dit-elle, et faisant deux parts
de ses maigres provisions, elle leur en offrit
la moitié.

Ils lui demandèrent alors :

— Que viens-tu faire au cœur de l'hiver, en
robe de papier, dans la forêt ?

— Ah ! répondit-elle, je dois cueillir un panier de fraises et je ne puis rentrer à la maison sans le rapporter.

Quand elle eut fini son pain, ils lui donnèrent un balai et lui dirent :

— Balaie la neige devant la porte qui ouvre
sur le derrière de la maison.

Et quand elle fut sortie, ils se dirent entre
eux :

— Quel cadeau lui ferions-nous bien, pour
avoir si gentiment et si charitablement par-
tagé son pain avec nous ?

— Je veux, dit le premier, qu'elle devienne
plus belle de jour en jour.

— Je veux, dit le second, qu'il lui tombe des
pièces d'or des lèvres, chaque fois qu'elle dira
une parole.

— Je veux, dit le troisième, qu'il vienne un
roi et que ce roi l'épouse.

La jeune fille fit ce que les trois bonshommes lui avaient dit : elle balaya la neige devant la porte, et que croyez-vous qu'elle trouva ? des fraises, de vraies fraises toutes mûres,
et sortant toutes rouges de la neige.

Elle en ramassa tout plein son panier, remercia les trois lutins, leur donna une poignée de main, et courut chez elle apporter à sa belle-mère ce que celle-ci attendait avec envie.

Quand elle entra, et dit : « Bonsoir ! » il lui tomba une pièce d'or de la bouche.

Puis elle raconta tout ce qu'il lui était arrivé, mais chaque parole qu'elle disait était accompagnée d'une pièce d'or, si bien qu'il y en eut une pluie et qu'en un instant toute la chambre en fut pleine.

— Elle ne jette ainsi l'or que par orgueil, dit l'autre fille ; mais au fond elle était jalouse et impatiente d'aller cueillir à son tour des fraises dans le bois.

Mais la mère lui dit :

— Non, non, ma petite fille, il fait trop froid, tu serais glacée.

Cependant, ne pouvant lui faire entendre raison, elle la laissa aller, mais lui fit mettre un beau manteau de fourrure et lui donna une tartine de pain et de beurre et du gâteau pour manger en route.

Quand la jeune fille laide fut arrivée dans la forêt, elle courut tout de suite à la petite maison. Les trois bonshommes étaient à la fenêtre, mais elle ne les salua pas, et sans lever la tête, sans dire bonjour, elle entra en trébuchant dans la chambre, s'assit devant le poêle et se mit à manger sa tartine et son gâteau.

— Donne-nous de ton pain ? demandèrent les lutins.

— Je n'en ai pas assez pour moi, comment en donnerais-je aux autres ?

Quand elle eut fini de manger, ils dirent :

— Voilà un balai, enlève-nous la neige qui est devant la porte.

— Enlevez-la vous-mêmes, répliqua-t-elle, je ne suis pas votre servante.

Et voyant qu'ils ne lui donnaient rien, elle s'en alla.

Alors les petits bonhommes se dirent entre eux :

— Quel cadeau lui ferions-nous bien pour la punir de sa méchanceté, de son avarice et de sa jalousie ?

— Je veux, dit le premier, qu'elle devienne de jour en jour plus laide.

— Je veux, dit le second, qu'à chaque parole qu'elle dise, il lui sorte un crapaud de la bouche.

— Je veux, dit le troisième, qu'elle meure misérablement.

Elle chercha des fraises, n'en trouva pas et rentra furieuse à la maison. Et lorsqu'elle ouvrit la bouche pour raconter à sa mère ce qui lui était arrivé dans la forêt, à chaque parole qu'elle disait elle laissait tomber de ses lèvres un affreux crapaud, et tout le monde eut horreur d'elle.

La belle-mère était encore plus irritée que

sa fille, et cherchait tous les moyens de faire de
la peine à sa belle-fille, dont la beauté devenait de jour en jour plus merveilleuse. A la
fin, elle prit un chaudron, le mit sur le feu et

Mon enfant, dit le roi, qui es-tu et que fais-tu là ?

y fit bouillir du fil ; quand il fut bouilli, elle le
jeta sur l'épaule de la jeune fille, lui donna
une hache pour aller fendre la glace, y faire
un trou et rincer le fil.

La jeune fille obéit, fit un trou dans la glace,
et pendant qu'elle s'occupait diligemment de

ce travail, elle vit passer un magnifique carrosse dans lequel était assis le roi. Le carrosse s'arrêta et le roi demanda :

— Mon enfant, qui es-tu et que fais-tu là ?

— Je suis une petite fille pauvre et je rince du fil.

Le roi eut pitié d'elle, remarqua sa grande beauté et dit :

— Veux-tu que je t'emmène avec moi ?

— Oh ! oui, répondit-elle, volontiers ; car elle était heureuse de ne plus revoir sa belle-mère ni sa belle-sœur.

Elle monta dans le carrosse et le roi la conduisit dans son palais où il l'épousa, et le mariage fut célébré en grande pompe, comme le lui avaient souhaité les trois bonshommes.

Un an après, la reine mit au monde un fils, et lorsque sa belle-mère apprit le bonheur qui lui était arrivé, elle vint avec sa fille laide au palais pour lui rendre visite. Mais comme le roi était sorti, la méchante femme, profitant de ce que personne n'était là, prit la reine par la tête, la fille laide la tint par les pieds, ils l'enlevèrent de son lit et la jetèrent par la fenêtre dans la rivière. Alors la fille laide se coucha dans le lit et sa mère lui cacha la tête sous la couverture. Quand le roi revint et voulut parler à sa femme :

— Ne la dérangez pas, elle dort, dit la mère ; ne troublez pas son sommeil, elle a besoin de transpirer.

Le roi ne se douta de rien et ne revint que le lendemain ; mais quand il crut interroger sa femme, il vit, lorsque la jeune fille laide lui répondit, un crapaud lui tomber de la bouche au lieu d'une pièce d'or, et il en demanda la cause.

— C'est, dit la mère, parce qu'elle a beaucoup transpiré, mais cela passera bientôt.

Le soir, un aide de cuisine vit une cane sortir en nageant de l'évier. Elle disait :

> Roi, que fais-tu, dans ton sommeil,
>   A ton réveil ?

Et comme elle ne recevait pas de réponse, elle ajouta :

> Que font mes visiteuses ?

Le garçon répondit :

> Dormir en paresseuses.

Elle dit encore :

> Que fait mon fils si cher, si beau ?

et reçut pour réponse :

> Il dort dans son berceau.

Elle entra, sous la forme d'une reine, dans la chambre de l'enfant, lui donna à boire, secoua son matelas, son oreiller, le couvrit, le borda, et repartit, sous la forme d'une cane, par l'évier.

— Elle vint ainsi deux nuits de suite, et la troisième elle dit au gâte-sauce :

— Va trouver le roi et dis-lui qu'il prenne son épée et la passe trois fois au-dessus de ma tête.

Le domestique courut aussitôt avertir son maître. Le roi vint, passa son épée trois fois au-dessus de la tête de la cane et vit devant lui sa vraie femme, belle, vivante, rayonnant de bonheur, et plus belle que jamais.

Alors il eut grande joie ; mais il tint la vraie reine cachée dans une chambre secrète, jusqu'au dimanche, qui était le jour fixé pour le baptême de l'enfant. Quand il fut baptisé, le roi demanda :

— Que faut-il faire à celui qui enlève quelqu'un de son lit et le jette à l'eau pour le noyer ?

— Il faut, dit la mère, l'enfermer dans un tonneau garni de pointes de fer et du haut d'une montagne le faire rouler dans l'eau.

— Tu as prononcé ta sentence, dit le roi.

Il fit faire un tonneau de cette espèce, y fit enfermer la méchante femme et sa fille laide, fit fermer et clouer le tonneau, ordonna de le porter ensuite sur une haute montagne et de cette hauteur de le faire rouler dans l'eau.

LES SOULIERS DE BAL

Il y avait une fois un roi qui avait douze filles, l'une plus belle que l'autre. Elles couchaient toutes dans la même chambre, où leurs lits étaient côte à côte, et le soir, quand elles s'y étaient retirées, le roi les enfermait sous clef. Mais quand le lendemain il ouvrait la porte, il voyait sous leurs lits des souliers de bal avec lesquels elles avaient tellement dansé qu'ils étaient troués et en pièces. Et personne ne pouvait lui dire comment cela s'était passé, et elles gardaient le plus grand silence sur leur escapade.

Le roi fit proclamer que celui qui pourrait lui apprendre où elles allaient au bal la nuit, épouserait celle d'entre elles qui lui plairait; ce serait l'héritier du trône; mais le prétendant devait révéler le secret au bout de trois jours et trois nuits, sinon il périrait.

Bientôt il se présenta un jeune prince qui accepta la gageure. Il fut bien accueilli et le soir on lui donna une chambre voisine de celle des princesses. On lui fit un lit et on lui recommanda de bien voir où elles allaient danser, et pour leur ôter la possibilité de changer de chemin, on mit des gardes dans toutes les autres pièces attenantes.

Mais le prince fut pris d'un sommeil de plomb, et quand il s'éveilla le lendemain, elles avaient été danser toutes les douze et leurs souliers étaient dans un état lamentable: il y avait des trous gros comme le poing dans chaque semelle.

La seconde et la troisième nuit, il en fut de même, et le prince eut sans pitié la tête tranchée.

Il en vint d'autres pour tenter l'aventure, mais ils payèrent également leur tentative de leur vie.

Sur ces entrefaites, un soldat, qui avait reçu une blessure et ne pouvait plus rester au service, vint à passer par le chemin qui menait à la ville habitée par le roi. Il rencontra une vieille femme qui lui demanda où il allait de ce pas.

— Je ne le sais pas trop moi-même, dit-il en riant, j'ai envie de voir où les filles du roi passent la nuit à danser, et si j'y réussis, je deviendrai roi à mon tour.

— Cela n'est pas si difficile, dit la vieille; il suffit de ne pas boire le vin que l'on t'apportera le soir au moment de te coucher, et de faire semblant de dormir.

Elle lui donna un petit manteau et ajouta:

— Quand tu le jetteras sur tes épaules, tu seras invisible et tu pourras suivre sans danger les douze danseuses.

Le soldat la remercia de ce bon conseil, prit le manteau, affecta un air sérieux et, plein de courage, alla se présenter au roi comme prétendant.

Il fut aussi bien accueilli que l'avaient été les autres. On le conduisit dans l'antichambre, et quand il fut sur le point de se coucher, l'aînée des princesses vint lui souhaiter la bonne nuit, et lui offrit une coupe de vin; mais il s'était attaché une éponge sous le menton, y laissa couler le vin, et n'en but pas une goutte. Puis il se coucha, et au bout de quelques instants de repos, il feignit de dormir profondément et il ronfla. Les douze princesses, entendant le bruit qu'il faisait, éclatèrent de rire, et l'aînée dit :

— Il aurait bien pu s'épargner la mort, celui-là.

Alors elles se levèrent, ouvrirent vivement leurs armoires, commodes et caisses, et en retirèrent de magnifiques costumes, se pomponnèrent devant la glace, essayèrent des pas de valse et se réjouirent d'aller au bal. Mais la plus jeune dit :

— Je ne sais pas, vous êtes toutes gaies, moi j'ai comme un pressentiment; il nous arrivera malheur.

— Tu n'es qu'une oie, dit l'aînée, tu as

toujours pour. As-tu oublié combien de princes ont déjà vainement accepté le pari? je n'aurais pas même eu besoin de donner à boire à ce soldat pour l'endormir, le lourdaud ne se serait pas réveillé quand on aurait tiré le canon à son oreille.

Quand elles furent prêtes, elles allèrent d'abord l'une après l'autre, sur la pointe des pieds, regarder le soldat. Il avait fermé les yeux, ne faisait pas un mouvement, et elles se crurent absolument sûres de ne pas être trahies.

Alors l'aînée retourna à son propre lit, sur lequel elle donna deux ou trois petits coups avec les doigts fermés et le lit s'enfonça sous terre.

Elles passèrent par l'ouverture, l'une après l'autre, l'aînée en tête.

Le soldat, qui avait tout vu et entendu, n'hésita pas longtemps, jeta son petit manteau sur ses épaules et descendit dans le souterrain à la suite de la plus jeune princesse. Dans l'escalier, il lui marcha par mégarde sur la robe. Elle eut peur et s'écria :

— Finissez donc; qui est-ce qui me retient par ma jupe?

— Ne fais donc pas la sotte, dit l'aînée, tu te seras accrochée.

Elles descendirent précipitamment, et quand elles furent au bas, elles se trouvèrent dans une magnifique avenue, dont les arbres avaient des feuilles d'argent qui brillaient et étincelaient.

Le soldat se dit :

— Il faut que tu rapportes un témoignage.

Et il cassa une branche. Il y eut un grand craquement. La plus jeune princesse s'écria :

— Je suis sûre d'avoir entendu craquer quelque chose.

— C'est un pétard que l'on aura fait partir, parce que nos princes seront bientôt délivrés.

Elles entrèrent ensuite dans une avenue où tous les arbres avaient des feuilles d'or, puis dans une troisième où le feuillage était de diamant.

Il cassa une branche dans chacune de ces avenues, et il y eut chaque fois un craquement qui fit tressaillir et frissonner la plus jeune princesse ; mais sa sœur aînée soutint que c'étaient des pétards tirés en signe de réjouissance,

Elles allèrent plus loin et atteignirent une grande rivière sur laquelle se balançaient douze barques ; et dans chacune était assis un beau prince. Ils avaient attendu les douze princesses ; chacun prit sa préférée, et le soldat monta dans la barque de la plus jeune.

— Je ne sais, dit le prince qui l'accompagnait, mais il me semble que notre barque est plus lourde qu'hier, et je dois ramer de toutes mes forces pour pouvoir avancer.

— C'est peut-être le temps qui est étouffant, dit la princesse ; je me sens déjà toute lasse avant d'avoir dansé.

Sur l'autre rive, il y avait un beau château splendidement éclairé, d'où partait une joyeuse musique, cymbales et trompettes.

Ils ramèrent, accostèrent, entrèrent dans le palais, et chaque prince dansa avec sa princesse ; le soldat dansait aussi, mais en restant invisible, et quand on offrait une coupe de vin à une danseuse, il s'empressait de la vider, et elle était toute désappointée. La plus jeune en fit la remarque, mais l'aînée lui imposa silence.

Elles dansèrent jusqu'à trois heures du matin, et cette fois les souliers de bal n'eurent plus de semelles du tout.

Les princes les ramenèrent sur les barques, et le soldat prit cette fois invisiblement place à côté de l'aînée.

Arrivées sur l'autre rive, elles dirent adieu aux princes et leur promirent de revenir la nuit suivante.

Quand elles furent au pied de l'escalier qui conduisait à leur chambre, le soldat prit les devants en courant et alla se coucher dans son lit. Et quand les douze princesses, épuisées de fatigue, passèrent à pas étouffés sur la pointe des pieds devant lui, il ronfla si haut qu'elles l'entendirent toutes et dirent :

— Nous sommes sûres de lui.

Elles se déshabillèrent, serrèrent leurs robes, mirent leurs souliers en pièces sous le lit et se couchèrent.

Le lendemain, le soldat ne dit rien ; il voulait faire une nouvelle expérience, et les suivit la seconde et la troisième nuit. Tout se passa comme la première, et elles dansèrent jusqu'à ce que leurs souliers fussent coupés en deux. La troisième fois, il emporta comme pièce de conviction une coupe.

Quand le moment de parler fut arrivé, il emporta les trois branches d'argent, d'or et de diamant avec la coupe, et se rendit chez le roi. Les douze princesses se tenaient derrière la porte et prêtaient l'oreille. Quand le roi demanda :

— Où mes douze filles ont-elles usé leurs souliers pendant la nuit ?

Il répondit :

— C'est à danser avec les douze princes dans le palais souterrain.

Et pour en donner la preuve, il montra les pièces de conviction. Alors le roi fit venir les princesses et leur demanda si le soldat avait dit la vérité.

Elles furent bien obligées d'en convenir.

— C'est bien, dit le roi. Laquelle veux-tu pour femme ?

—Je ne suis plus jeune, répondit-il, donnez-moi l'aînée, je m'en contenterai.

Le mariage eut lieu le même jour, et le roi

2*

lui promit de lui laisser après sa mort le trône et la couronne.

Quant aux douze princes, ils restèrent ensorcelés encore autant de jours qu'ils avaient dansé de nuits avec les princesses.

L'OIE D'OR

Un homme avait trois fils, dont le plus jeune
s'appelait le Benêt. On le dédaignait, on le
tournait en ridicule et on l'envoyait promener
en toute rencontre. Un jour, l'aîné voulut aller
couper du bois dans la forêt, et au moment de
partir, sa mère lui donna un beau gâteau de
pain aux œufs, et une bouteille de vin, pour
qu'il n'eût en route ni faim ni soif. Quand il
arriva dans la forêt, il rencontra un petit
homme, tout vieux, tout blanc, qui lui dit le
bonjour et lui demanda :

— Donne-moi un morceau de ton pain et
laisse-moi boire un verre de ton vin : je meurs
de faim et de soif.

Mais le garçon, bien avisé, répondit:

— Si je te donne de mon gâteau et de mon
vin, il ne m'en restera plus guère ; passe ton
chemin.

Il laissa là le petit homme et s'en alla
couper du bois; mais à peine eut-il commencé
à donner des coups de cognée pour abattre un
arbre, qu'il frappa à faux, et le fer lui fit une

profonde blessure au bras. Il dut retourner chez lui pour se faire panser.

C'était le petit homme qui s'était vengé.

Le second fils alla bientôt après dans la forêt, et la mère lui donna aussi un pain aux œufs et une bouteille de vin. Il rencontra également le petit vieillard, qui lui demanda un morceau de pain et une gorgée de vin.

Mais le second fils répondit, aussi sensément que son aîné :

— Ce que je te donnerais, je l'aurais en moins pour moi-même; passe ton chemin.

Il laissa là le petit homme et alla couper du bois. La punition ne se fit pas attendre. Au premier coup de cognée qu'il donna, il s'enfonça le fer dans la jambe, et on dut l'emporter chez lui.

Alors le Benêt dit :

— Père, laisse-moi aller couper du bois.

— Tes frères s'en sont mal trouvés, répondit le père, ne t'occupe pas de cela. Tu n'y entends rien.

Mais le Benêt insista, pria, jusqu'à ce qu'on lui dit :

— Eh bien, va, puisque tu le veux ; on n'apprend qu'à ses dépens.

La mère lui donna un pain de farine et d'eau, cuit dans la cendre, et une bouteille de bière aigre. Quand il arriva dans la forêt, il rencontra le petit vieillard, tout cassé, tout blanchi, qui lui dit le bonjour et lui demanda :

— Donne-moi un morceau de ton pain et une gorgée de ta boisson ; je meurs de faim et de soif.

— Je n'ai que de mauvais pain cuit dans la cendre, dit le Benêt, et une bouteille de mauvaise bière aigre ; mais si tu peux t'en contenter, nous partagerons.

Ils s'assirent, et quand le Benêt eut tiré son pain de sa poche, c'était un pain aux œufs, excellent, et dans sa bouteille, au lieu de mauvaise bière aigre, il y avait du vin délicieux.

Ils mangèrent et burent. Le petit homme dit alors :

— Puisque tu as bon cœur et partages volontiers ce qui t'appartient, je veux faire ton bonheur. Tu vois ce vieil arbre, abats-le, tu trouveras quelque chose dans les racines.

Là-dessus il lui dit adieu et s'en alla.

Le Benêt abattit l'arbre, et lorsque celui-ci fut par terre, il vit dans les racines une oie, dont les plumes étaient d'or pur. Il l'enleva, l'emporta et entra avec son trésor dans une auberge où il voulait passer la nuit. L'aubergiste avait trois filles. Elles virent l'oie, furent curieuses de savoir quel était cet oiseau merveilleux et auraient bien voulu avoir une de ses plumes.

L'aînée dit :

— Je trouverai bien un moyen de lui en tirer une de l'aile.

Et quand le Benêt fut entré, elle prit l'oie par l'aile ; mais sa main et son doigt y restèrent attachés.

La seconde vint à son tour, n'ayant d'autre pensée que de tirer, elle aussi, une plume d'or; elle vit sa sœur, lui donna la main et resta attachée à elle.

La troisième arriva dans le même dessein, mais les autres lui crièrent :

— Reste là pour l'amour du ciel, va-t'en.

Elle ne comprit pas pourquoi on voulait l'empêcher d'approcher et se dit :

— Elles veulent tout garder pour elles, mais je ne m'y laisserai pas prendre.

D'un bond elle fut à côté de ses sœurs; mais à peine les eut-elle touchées qu'elle y resta attachée.

Le lendemain matin, le Benêt prit l'oie sous son bras, et partit, ne s'occupant point des trois filles qui y restaient pendues. Elles durent le suivre en courant, à droite, à gauche, comme elles étaient placées.

Dans le champ, ils rencontrèrent un paysan qui leur dit :

— Vous n'avez donc pas honte de courir ainsi après ce garçon, laissez-le.

Il prit la plus jeune par la main et voulut la renvoyer chez elle; mais dès qu'il l'eut touchée, il resta lui-même attaché.

Bientôt après, son valet de ferme, le voyant

passer en courant, avec ces trois filles et le
Benêt qui portait l'oie, cria :

— Hé ! où allez-vous tous de ce pas ?

Le Benêt, son oie sous le bras, courait suivi de gens affolés.

Il prit son maître par la manche, et y resta
attaché à son tour.

Vinrent deux autres paysans, la houe sur
l'épaule, de retour des champs.

L'autre leur cria de le détacher avec son
valet ; mais à peine eurent-ils touché celui-ci,

qu'ils furent pris, et tous sept couraient à la suite du Benêt portant l'oie.

Ils arrivèrent ainsi dans une ville où régnait un roi qui avait une fille si sérieuse que personne ne pouvait la faire rire. Aussi avait-il publié un édit par lequel il promettait de la donner en mariage à celui qui la rendrait plus gaie et la ferait partir d'un bon éclat de rire. Le Benêt, en entendant cela, s'empressa de se rendre avec son oie et sa suite à la cour du roi, et quand la princesse vit ce chapelet de gens affolés qui galopaient derrière lui, elle eut une telle explosion d'hilarité qu'elle ne put plus s'arrêter. Alors le Benêt réclama sa main ; mais le roi, à qui ce gendre ne plaisait guère, fit toute sorte d'objections et lui dit qu'il devait d'abord amener un homme qui boirait toute une cave de vin.

Le Benêt pensa au petit vieillard, qui pourrait peut-être le tirer d'affaire. Il alla dans la forêt, et à la place où il avait abattu l'arbre, il vit un homme assis, qui avait la mine toute triste.

— Qu'est-ce donc qui vous contrarie tant ? demanda le Benêt.

L'autre répondit :

— J'ai une si grande soif que je ne puis l'apaiser ; je ne puis supporter l'eau froide et j'ai déjà bu un tonneau de vin ; mais qu'est-ce qu'une goutte qui tombe sur une pierre ardente ?

— J'ai ton affaire, répondit le Benêt, viens avec moi, tu boiras tant qu'il te plaira.

Il le conduisit dans la cave du roi et l'homme se coucha sous les grands fûts, buvant, buvant, si bien qu'avant la fin du jour, il avait vidé toute la cave.

Le Benêt réclama de nouveau la main de la princesse ; mais le roi ne pouvait se résoudre à donner sa fille à un pauvre diable qui passait aux yeux de tous pour un imbécile et en avait le nom. Il exigea qu'on lui amenât d'abord un homme qui mangerait une montagne de pain.

Le Benêt ne réfléchit pas longtemps, mais courut aussitôt à la forêt ; il vit à la même place un homme qui se serrait le ventre avec une courroie et faisait une mine piteuse.

— J'ai mangé tout un four plein de raclures de pain, dit-il, mais c'est peu de chose quand on a faim ; j'ai toujours l'estomac vide et je dois me serrer pour ne pas mourir d'inanition.

Le Benêt, tout joyeux, lui répondit :

— Lève-toi et viens avec moi, tu mangeras à ta faim, tout ton soûl.

Il le conduisit dans la cour du roi, qui avait fait apporter toute la farine de son royaume et en avait fait cuire une montagne de pain. L'homme de la forêt s'assit devant et se mit à dévorer, à dévorer, si bien qu'avant la fin de la journée il n'en resta plus une miette.

Le Benêt réclama pour la troisième fois la princesse; mais le roi chercha encore une échappatoire et exigea qu'il lui apportât un vaisseau qui pourrait voyager aussi bien par terre que par eau.

— Si tu entres avec ce navire dans le palais, tu épouseras ma fille.

Le Benêt courut tout droit à la forêt, et y trouva le petit vieillard lui-même.

— J'ai bu et mangé, dit-il, tu m'as rendu service; je veux te donner aussi le vaisseau; et je fais tout cela parce que tu as été bon, compatissant et charitable.

Il lui donna le navire qui voyageait aussi bien par terre que par eau, et quand le roi vit cette merveille, il ne put refuser davantage sa fille. Le mariage fut célébré. Après la mort du roi, le Benêt monta sur le trône, et régna et vécut longtemps, bien longtemps, heureux avec la princesse.

MAITRE POINÇON

Maître Poinçon était un petit homme maigre et vif, qui ne pouvait rester une minute en place. On ne voyait de son visage grêlé et blafard qu'un petit nez retroussé dont les narines et les ailes étaient toujours en mouvement. Ses cheveux grisonnants et broussailleux étaient rebelles au peigne, car il ne prenait pas le temps de se coiffer. Il avait des yeux tout petits, en vrille, scintillants et sans cesse en course dans leurs orbites. Il voyait tout, entendait tout, bougonnait sur toutes choses, savait tout mieux que personne et avait son mot à placer en toute circonstance, ne souffrant d'ailleurs point de contradictions. Dans la rue, il marchait comme le vent, ramant des coudes, renversant tout le monde. Une fois, il fit sauter en l'air le seau d'une femme qui portait de l'eau ; il en fut tout éclaboussé.

— Tête d'ânesse, cria-t-il, vous ne pouviez donc pas voir que j'étais derrière vous ?

De son métier, maître Poinçon était cordonnier, et quand il travaillait, il tirait le fil avec tant d'élan qu'il ne faisait pas bon se trouver à sa portée : il vous envoyait un coup de poing dans les reins.

Jamais il ne gardait un apprenti plus d'un mois ; le meilleur n'était, à ses yeux, qu'une mazette. Tantôt les points n'étaient pas égaux, tantôt une tige plus haute que l'autre, un talon mal tourné, une semelle mal battue.

— Attends, disait-il, je vais te montrer comment on amollit le cuir.

Il prenait sa courroie et en cinglait les épaules du pauvre garçon.

Il traitait tout le monde de paresseux, ne faisant lui-même pas grand'chose, car il ne pouvait demeurer un quart d'heure sur sa chaise.

Si sa femme se levait de bon matin pour allumer le feu, vite il sautait du lit et arrivait nu-pieds dans la cuisine :

— Tu veux donc nous incendier ? mais c'est un feu à rôtir un bœuf, ça. Tu crois donc qu'on nous donne le bois pour rien ?

Si les bonnes, en faisant la lessive, babillaient et se racontaient les nouvelles, il les apostrophait :

— Voilà encore les oies en train de caqueter, et le caquetage fait oublier l'ouvrage. Encore du savon neuf ! Je vous demande à quoi bon ? Affreux gaspillage et abominable paresse ! On épargne ses mains, et l'on emploie du chlore !

Il courait de côté et d'autre, mettait le pied dans un baquet d'eau chaude et inondait tout.

Si l'on bâtissait en face de lui, aussitôt il paraissait à la fenêtre :

— Je l'avais bien pensé ; ils mettent de la brique qui n'est pas sèche et ne séchera pas. Tout le monde deviendra malade là-dedans. Et voyez comme les maçons s'y prennent ! Des gâcheurs, c'est le mot. Leur mortier ne vaut rien. On y met du gravier pour du sable. Le sable ne tient pas. Vous verrez que les plafonds tomberont sur la tête de ceux qui vont habiter là.

Il allait faire quelques points, mais un instant après il était de nouveau en l'air, jetait son tablier et s'écriait :

— Il faut que j'aille apprendre à ces ânes comment ils doivent faire leur métier.

Il rencontrait les charpentiers :

— Vous rabotez donc à contre-fil ? Et ces poutres, vous croyez donc qu'elles sont d'aplomb ? Tout ça gauchira.

Il prenait le rabot de la main de l'ouvrier, puis tout à coup le rejetait et courait invectiver contre un voiturier qui passait :

— Vous n'y entendez rien, mon ami : on n'attelle pas de jeunes chevaux qui n'ont pas l'âge à un chariot lourd comme ça ; les pauvres bêtes vont succomber.

Le voiturier ne lui donnait pas de réponse, et Poinçon restait furieux et pestant. Quand il était assis, l'apprenti lui donnait un soulier.

— Hein ! quoi ? Ne vous ai-je pas dit de ne pas couper les empeignes ainsi ? Voilà un soulier qui n'aura que de la semelle. Qui en voudra ? J'entends qu'on exécute mes ordres à la lettre.

— Maître Poinçon, répliquait timidement l'apprenti, vous avez peut-être raison, il se peut que ce soulier ne vaille rien ; mais c'est celui que vous avez commencé. Tout à l'heure, quand vous vous êtes levé en sursaut, vous l'avez jeté sur la table. Je n'ai fait que le ramasser. Il faudrait être un ange du bon Dieu pour rester avec vous.

Une nuit, maître Poinçon rêva qu'il était mort et qu'il montait au ciel. Arrivé à la porte du paradis, il frappa.

— On devrait mettre une sonnette là, dit-il ; on s'écorche les poings à taper sur le bois.

Saint Pierre ouvrit le guichet pour voir quel était l'impatient qui était si pressé.

— Ah ! c'est vous, maître Poinçon ! dit-il ; Un moment ; je suis à vous. Je veux bien vous laisser entrer ; mais je vous préviens que vous devez laisser votre manière de vous mêler de tout, de redire à tout, car il pourrait vous en coûter.

— C'est bon ! c'est bon, répliqua Poinçon ; je sais me conduire ; d'ailleurs ici, Dieu merci, tout est sans reproche, et il n'y a pas de critique à faire comme sur la terre.

Il entra et se promena dans le ciel, voulant tout voir, furetant partout. Il se tournait, se retournait en tous sens, ses petits yeux allant à droite à gauche, hochant de temps à autre la tête ou les épaules, marmottant, mais n'osant pas encore parler tout haut. Il vit deux anges qui portaient une poutre. C'était celle de l'homme qui l'avait dans l'œil quand il voyait une paille dans celui de son voisin. Ils portaient la poutre dans le sens de la largeur au lieu de la prendre en longueur.

— C'est absurde, pensa Poinçon ; mais il se tut. Après tout, qu'importe comment on porte une poutre en large ou en long, pourvu qu'on arrive, et je vois qu'ils ne se cognent à rien.

Il vit ensuite deux anges qui prenaient de l'eau dans un puits et la versaient dans un tonneau ; mais le tonneau était percé de trous et l'eau s'écoulait de tous côtés en arrosant le parquet comme une pluie.

— Pals... s'écria Poinçon ; mais il n'ajoute pas « ambleu », car il se souvint qu'il était dans le ciel où l'on ne jure point. Tout de même, ces gens-là font une besogne inutile, une besogne de paresseux ; je croyais qu'au paradis on était plus sérieusement occupé.

Il alla plus loin et aperçut un chariot qui était embourbé dans une ornière profonde.

— Pas étonnant, dit le cordonnier, il fallait réfléchir avant de partir : votre chariot est beaucoup trop chargé ; qu'avez-vous là ?

— Des bonnes intentions, répondit le voiturier.

— On en pave l'enfer, dit Poinçon.

— Et le ciel aussi, repartit le voiturier ; mais j'attends qu'on vienne m'aider à le décharger.

Un ange vint attacher deux chevaux de renfort à la voiture.

— C'est ça ! pensa Poinçon ; voilà qui est bien ; mais quatre chevaux feraient mieux l'affaire que deux.

Il n'eut pas le temps d'achever. Un autre ange arriva avec deux autres chevaux, qu'il attacha par derrière.

Alors Poinçon n'y tint plus, il éclata :

— Tête d'âne, s'écria-t-il (c'était son mot), a-t-on jamais, depuis que le monde est monde, fait pareille besogne? Ces anges-là ont beau être anges, ils n'ont pas la moindre idée de désembourber un chariot. Orgueilleux, va !

Il ne put en dire davantage. Un des gardiens du paradis l'avait pris au collet et mis à la porte. Maître Poinçon tourna la tête et vit que les chevaux attelés par les anges étaient ailés et qu'ils emportaient le chariot dans les airs.

Alors le cordonnier se réveilla.

— Les choses se passent tout autrement au ciel qu'ici-bas sur la terre, se dit-il, et l'on doit excuser bien des choses dans la maison de Dieu, qui est miséricordieux pour tout le monde. Mais c'est égal, atteler des chevaux devant et derrière en même temps! Il est vrai qu'ils avaient des ailes, mais je ne l'avais pas vu. Et d'ailleurs pourquoi donner des ailes à des chevaux qui ont déjà quatre pieds?.. Mais il faut que je me lève; sans quoi ils vont me mettre tout sens dessus dessous, ma femme, mes bonnes, mes apprentis. C'est heureux que je ne sois pas mort tout de bon.

LES VAGABONDS

Le petit coq dit à la petite poule :

— Voilà le temps où les noix sont mûres. Allons ensemble sur la montagne et mangeons-en tout notre soûl, avant que l'écureuil les emporte.

— Oui, répondit la petite poule ; viens, nous ferons bombance.

Ils partirent pour la montagne de compagnie, et comme le jour était très beau et très long, ils y restèrent jusqu'au soir. Je ne sais s'ils avaient trop mangé ou s'ils étaient devenus orgueilleux ; bref, ils ne voulurent pas rentrer à pied à la maison, et le petit coq dut faire une petite voiture avec des coquilles de noix. Quand elle fut prête, la petite poule s'y assit et dit au petit coq :

— Tu n'as qu'à t'atteler.

— Ah bah ! tu crois ça ! dit le petit coq ; j'aimerais mieux m'en aller à pattes jusque chez nous, plutôt que de me laisser atteler. Non, ça n'a pas été convenu. Je veux bien être cocher et m'asseoir sur le siège ; mais traîner moi-même, jamais....

Pendant qu'ils se disputaient, arriva une oie :

— Tas de voleurs ! cria-t-elle : qui vous a priés de monter dans mon noyer ? Attendez, vous allez voir comme je vous paierai.

Et le bec ouvert, elle fondit sur le petit coq.

Mais le petit coq n'était pas manchot. Il sauta sur l'oie, la prit par le cou et lui donna tant et tant de l'éperon qu'elle dut demander grâce et pour sa peine s'atteler à la voiture.

Le petit coq monta sur le siège et se fit cocher. Il fouetta rudement.

— Hue donc, la mère l'oie ; cours tant que tu peux.

Quand ils eurent fait un peu de chemin, ils rencontrèrent deux piétons, une aiguille à repriser et une aiguille à coudre. Elles crièrent :

— Arrêtez ! arrêtez!

Elles dirent qu'il allait faire nuit noire, qu'elles ne pouvaient faire un pas de plus, qu'il n'y avait que de la boue dans la rue ; elles demandèrent si elles ne pouvaient pas monter dans la voiture ; elles s'étaient attardées dans l'auberge du tailleur à la porte de la ville et elles avaient bu.

Le petit coq, voyant que c'étaient des maigres, qui ne prendraient pas beaucoup de place, les laissa monter toute les deux; mais

elles durent promettre de ne pas lui marcher
sur les pieds à lui ni à la petite poule.

Dans la soirée, très tard, ils arrivèrent à
une auberge ; et comme ils ne voulaient pas

Il rebondit en criant : Aïe ! Aïe !

voyager de nuit, l'oie n'étant pas bonne mar-
cheuse et allant cahin-caha, ils entrèrent.

L'aubergiste fit d'abord beaucoup d'objections : sa maison était déjà pleine ; il se
disait que ce n'était pas là de très grands
seigneurs ; à la fin cependant, comme ils

parlaient beau, promettant qu'il aurait l'œuf
que la petite poule avait pondu en route, et
qu'il pouvait garder l'oie, qui en pondait un
chaque jour, il dit qu'il voulait bien les héber-
ger pour la nuit. Ils se firent servir, et il y eut
ripaille.

Le lendemain matin, quand il ne faisait pas
encore tout à fait jour, et quand tout dormait
encore, le petit coq réveilla la petite poule,
alla chercher l'œuf, l'ouvrit d'un coup de bec,
et ils l'avalèrent ensemble, après quoi ils
jetèrent les écailles dans l'âtre. Ensuite ils
allèrent trouver l'aiguille à coudre qui dormait encore, la prirent par la tête et l'enfon-
cèrent la pointe en haut dans le fauteuil de
l'aubergiste ; ils piquèrent l'aiguille à repriser dans son essuie-main, enfin ils s'envo-
lèrent sans bruit en passant par la bruyère.

L'oie, qui aimait à dormir en place et était
restée dans la cour, les entendit passer au
vol, secoua ses ailes et trouva un ruisseau
qu'elle descendit, et elle alla plus vite qu'elle
n'avait traîné la voiture.

Deux heures après l'aubergiste sortit de son
lit, se lava bien et voulut s'essuyer la figure ;
mais l'aiguille à repriser lui fit une balafre
rouge d'une oreille à l'autre. Puis il alla dans
la cuisine pour allumer sa pipe, et quand il
s'approcha du foyer, les coquilles d'œuf lui
sautèrent aux yeux.

— Tout va mal ce matin ! dit-il.

Et il se laissa choir de mauvaise humeur dans son fauteuil ; mais il rebondit aussitôt en criant :

— Aïe ! aïe !

Car l'aiguille à coudre l'avait piqué encore plus au vif... et pas dans la tête.

Alors il entra tout de bon en colère et pensa aux voyageurs qui étaient arrivés si tard dans la nuit, et quand il alla voir où ils étaient, ils avaient filé. Il jura mais un peu tard, qu'il ne recevrait plus chez lui de ces vagabonds, qui mangent tout, ne paient rien et par-dessus le marché jouent d'abominables tours.

LE CHEVAL PARLANT

Il y avait une fois une vieille reine, qui était veuve depuis de longues années, et avait une fille d'une grande beauté. Quand la princesse fut devenue grande, on la promit en mariage à un prince qui demeurait au delà des plaines et des montagnes, et lorsque le moment où le mariage devait avoir lieu fut arrivé, la reine fit les préparatifs du départ de son enfant chérie, et lui donna tout ce qu'elle possédait de plus précieux, vaisselle d'or et d'argent, coupes et timbales, bijoux et parures, avec tout le trousseau d'une fiancée royale. Elle la fit accompagner par une femme de chambre et donna à celle-ci pour le voyage une jument de son écurie. La princesse avait aussi un cheval qui s'appelait Falada et possédait le don de la parole. A l'heure même où les deux femmes allaient se mettre en route, la reine monta dans sa chambre, prit un petit couteau et se fit une blessure à chaque doigt; il en jaillit du sang dont elle recueillit trois gouttes sur un linge blanc, qu'elle donna à sa fille en lui disant :

— Conserve bien ce talisman, ma fille.

Elles se dirent tristement adieu ; la princesse serra le petit linge dans son corsage, monta à cheval et partit pour le pays de son fiancé. La femme de chambre l'accompagnait. Quand elles eurent chevauché quelque temps, la princesse, qui mourait de soif à cause de la chaleur brûlante, dit :

— Descends et remplis-moi de l'eau de ce ruisseau la timbale que tu as emportée pour moi ; je voudrais boire.

Mais la femme de chambre lui répondit sèchement :

— Si vous avez envie de boire, vous n'avez qu'à descendre vous-même et à boire à même le ruisseau, je ne suis pas votre servante.

La fille de la veuve, pour se désaltérer, mit pied à terre, se coucha à plat ventre, approcha ses lèvres du ruisseau, et but, ne pouvant se servir de la timbale d'or que gardait la femme de chambre.

Elle soupira : Ah ! mon Dieu !...

— Si votre mère savait cela, répondirent les gouttes de sang, elle en aurait le cœur navré.

Mais la princesse était bonne et timide : elle ne dit rien et remonta à cheval.

Elles poursuivirent leur route pendant quelques lieues ; mais l'ardeur du soleil augmentant, la princesse cria encore :

— Descends et fais-moi boire dans ma timbale d'or ; car elle avait oublié les paroles insolentes de la femme de chambre.

Mais celle-ci lui répliqua avec encore plus de hauteur :

— Si vous voulez boire, buvez toute seule ; je ne suis pas votre servante.

La fille de la reine, succombant à la soif, descendit, se coucha à plat ventre, but à même le ruisseau, pleura et dit : — Ah ! mon Dieu !

Et les gouttes de sang répondirent de nouveau :

— Si votre mère savait cela, elle aurait le cœur navré.

Et tandis que la princesse buvait en se penchant, le petit linge qui contenait les trois gouttes de sang, et qui était un talisman, tomba sans qu'elle s'en aperçût, en son grand trouble, dans l'eau, et le courant l'emporta ; mais la femme de chambre avait tout vu et se réjouit d'avoir maintenant tout pouvoir sur la royale fiancée, car la perte du talisman avait rendu la princesse si faible qu'elle était à la merci de son ennemie. Quand la princesse voulut remonter sur son cheval Falada, la femme de chambre dit :

— Non, je monterai Falada, et vous prendrez ma jument.

Et la princesse dut obéir.

Alors la femme de chambre lui commande

brutalement d'ôter ses vêtements royaux et de les échanger contre ceux qu'elle portait elle-même et qui étaient communs ; elle lui fit jurer aussi de n'en parler à personne lorsqu'elles arriveraient à la cour du roi.

— Si vous violez ce serment, je vous ferai périr à l'instant.

Mais Falada avait tout entendu, et dans sa tête de cheval, il avait son projet.

La femme de chambre montée sur Falada et la vraie fiancée sur sa mauvaise jument, continuèrent leur route et arrivèrent enfin au palais du roi. Elles furent accueillies avec des transports de joie. Le fils du roi arrivant enleva dans ses bras la femme de chambre, croyant qu'elle était sa fiancée, et la conduisit dans la salle du trône. La vraie princesse dut rester au bas du perron. Alors le vieux roi, qui était à la fenêtre, la remarqua, et la voyant si gracieuse, si charmante, si belle, demanda qui elle était.

— C'est, dit la fausse fiancée, une de mes filles de cuisine qui m'a accompagnée ; donnez-lui du travail, il ne faut pas qu'elle soit oisive.

Mais le vieux roi, ne sachant à quel travail l'employer, dit :

— Il y a un petit garçon qui garde les oies ; qu'elle aille avec lui.

Le petit garçon s'appelait Radin (Conradin) et la vraie fiancée devint gardeuse d'oies.

Peu de temps après, la fausse fiancée dit au prince.

— J'ai un service à vous demander.

— Il n'est rien que je ne vous accorde à l'instant, dit le fils du roi.

— Faites venir l'équarrisseur et qu'il tue le cheval qui m'a amenée ici, et lui coupe la tête. J'ai à me plaindre de cette bête.

Elle craignait que Falada, qui avait le don de la parole, ne la trahit et ne racontât comment elle avait agi avec la fille de la reine.

Le fils du roi donna aussitôt l'ordre de mettre le fidèle Falada à mort. Mais la vraie princesse entendit cet arrêt et secrètement elle offrit à l'équarrisseur une pièce d'or s'il voulait lui rendre un service. A l'entrée de la ville il y avait une grande porte sombre, par où elle devait passer tous les matins et tous les soirs avec ses oies.

— Clouez la tête de Falada au-dessus de cette porte, demanda-t-elle, pour que je la voie quand j'irai mener les oies au champ ou les ramènerai.

L'équarrisseur promit et tint parole. Il coupa la tête du cheval et la cloua au-dessus de la porte.

Le lendemain, quand elle fut arrivée avec Radin à la porte, elle dit :

— Pauvre Falada ! te voilà pendu !

Et la tête répondit :

— Pauvre princesse, on vous fait garder

les oies ! Si votre mère savait cela, son cœur
se briserait.

Elle sortit ensuite de la ville, poussant devant elle les oies dans les champs. Et quand
elle fut arrivée avec Radin dans les prés, elle
défit ses cheveux d'or, et l'enfant fut émerveillé de leur éclat et voulut en ramasser,
mais elle dit :

> Vent, souffle à toute haleine,
> Et roule dans la plaine
> Le chapeau de Radin,
> L'enfant vif et malin.
> Qu'il coure à sa poursuite,
> J'aurai, pendant sa fuite,
> Le temps, comme je veux,
> De peigner mes cheveux.

Il s'éleva un grand vent qui enleva le chapeau de la petite gardeuse d'oies, et roule,
roule, l'emporta au loin. Conradin courut
après, à toutes jambes, et quand il revint, la
princesse s'était si bien coiffée, qu'il ne trouva
pas un seul cheveu d'or à terre. Radin fut
très fâché et ne lui parla pas de la journée; ils
gardèrent ensemble les oies jusqu'au soir et
revinrent à la maison.

Le lendemain matin, en passant sous la
porte sinistre, la princesse dit encore :

— Pauvre Falada, te voilà pendu !

Et Falada répondit :

— Pauvre princesse, on vous fait garder les
oies ! Si votre mère savait cela, son cœur se
briserait.

Et quand ils furent arrivés, la princesse
s'assit dans le pré et voulut peigner ses cheveux; mais Radin courut vers elle et tâcha de
saisir une de ses tresses. Alors elle dit:

> Vent, souffle à toute haleine,
> Et roule dans la plaine
> Le chapeau de Radin,
> L'enfant vif et malin.
> Qu'il coure à sa poursuite,
> J'aurai, pendant sa fuite,
> Le temps, comme je veux,
> De peigner mes cheveux.

Le vent souffla, enleva le chapeau du petit
gars, qui dut courir après, et à son retour elle
s'était depuis longtemps peignée si adroite-
ment qu'il ne restait pas un cheveu à terre. Et
ils gardèrent les oies ensemble jusqu'au soir.

Mais le soir, quand ils furent rentrés, Conradin alla trouver le vieux roi et dit:

— Je ne veux plus mener les oies au champ
avec elle.

— Pourquoi cela? demanda le roi.

— Parce qu'elle me taquine tout le temps.

Alors le roi se fit raconter ce qui s'était
passé.

— Au matin, dit le gars, quand nous pas-
sons la porte, il y a là une tête de cheval à
qui elle dit: « Pauvre Falada! te voilà pendu! » Et la tête lui répond : « Pauvre princesse, on vous fait garder les oies ! Si votre

mère savait cela, elle en aurait le cœur brisé.

Et il raconta aussi qu'elle se peignait dans le pré, et que pour l'empêcher de prendre un de ses cheveux d'or, elle le faisait courir après son chapeau.

Le vieux roi dit :

— Tu iras demain au champ avec les oies comme de coutume.

Et il alla se placer lui-même sous la porte et entendit les paroles échappées de la gardeuse d'oies et la tête de cheval. Puis il se cacha dans un buisson à l'entrée du pré, et il vit le gars et sa compagne pousser devant eux le troupeau d'oies, et au bout de quelque temps, quand elle allait se peigner et défaisait sa chevelure qui brillait comme de l'or, il l'entendit chanter :

> Vent, souffle à toute haleine,
> Et roule dans la plaine
> Le chapeau de Radin,
> L'enfant vif et malin.
> Qu'il coure à sa poursuite,
> J'aurai, pendant sa fuite,
> Le temps comme je veux,
> De peigner mes cheveux.

Et un coup de vent emporta en effet le chapeau du gars qui courut à toutes jambes, pendant que la gardeuse laissait tomber sur ses épaules ses longs cheveux d'or.

Le roi retourna alors, sans être aperçu, au

palais ; et quand le soir la gardeuse rentra avec ses oies, il la fit venir et lui demanda pourquoi elle faisait tout cela.

— Je ne peux pas vous le dire, répondit-elle, et je ne puis confier à personne ma souffrance et ma peine, parce que j'ai juré de ne pas les révéler. Si je trahis mon serment, je mourrai.

Mais le roi insista. Il n'obtint pas d'autre réponse. Alors il dit :

— Entre dans cette cheminée et dis-lui ta pensée.

Elle obéit, et quand elle fut dans la cheminée, elle se mit à pleurer, à sangloter et dit :

— Je suis abandonnée de tout le monde, et cependant je suis une princesse, une fille de reine ; une femme de chambre perfide et traîtresse m'a forcée de lui donner mes vêtements royaux et est entrée ici comme fiancée à ma place en me faisant garder les oies. Si ma mère savait cela, elle aurait le cœur brisé.

Le vieux roi était sur le toit et entendait tout par le tuyau de la cheminée.

Il redescendit, rentra dans la chambre et appela la vraie princesse. Il lui commanda de revêtir ses habits royaux ; et, quand elle fut ainsi vêtue d'or et de soie, elle apparut dans tout l'éclat de sa beauté. Alors le roi appela son fils et lui révéla que celle qui s'était présentée comme sa fiancée n'était qu'une traîtresse dont il fallait punir l'injustice, une femme de chambre, une indigne créature. La vraie princesse était la gardeuse d'oies. Le jeune prince la vit et en fut émerveillé, tant elle était belle.

Le vieux roi donna un grand banquet auquel on invita tous les dignitaires du palais Au haut bout de la table était assis le vieux roi lui-même, ayant à l'un de ses côtés la fille de la veuve, et à l'autre côté la femme de chambre, qui ne reconnut pas la princesse sous son splendide costume. Quand on fut au dessert, le vieux roi demanda à la femme de chambre :

— Comment faudrait-il punir quelqu'un qui aurait trompé sa maîtresse et se serait substitué à elle pour lui ravir son fiancé ?

Alors la femme de chambre répondit :

— On devrait la dépouiller de tous ses vêtements et l'enfermer dans un tonneau, garni à l'intérieur de pointes de fer, et faire trainer le tonneau par deux chevaux blancs, à travers les rues de la ville, jusqu'à ce que la coupable soit morte.

— La coupable, c'est vous ! s'écria le vieux roi, et vous avez vous-même prononcé votre sentence, qui s'exécutera à l'instant.

Et quand le supplice eut pris fin, le jeune roi épousa la vraie princesse et tous régnèrent en paix avec bonheur.

PETIT HANS ET GRETHEL

A l'entrée d'une grande forêt demeurait un pauvre bûcheron avec sa femme et ses deux enfants. Le petit garçon s'appelait Petit Hans et la petite fille Grethel. Il avait peu de ressources ; et une année, quand il y eut une grande sécheresse dans le pays, il ne put même plus se procurer le pain quotidien. Le soir, quand il se livrait dans son lit à ses pensées et se retournait en tous sens, en proie aux soucis, il dit à sa femme :

— Qu'allons-nous devenir ? Nous ne pouvons donner à manger à nos enfants, puisque nous n'avons plus rien pour nous-mêmes.

— Sais-tu, répondit la femme, demain de bon matin nous emmènerons les enfants dans la forêt, au plus épais ; là, nous leur ferons un bon feu, nous leur donnerons à chacun un dernier morceau de pain, puis nous retournerons à notre ouvrage et nous les abandonnerons. Ils ne retrouveront plus le chemin de la maison, et nous en serons débarrassés.

— Non, femme, dit le mari, je ne ferai pas cela ; comment aurais-je le cœur de laisser mes enfants seuls dans la forêt ? Les bêtes féroces viendraient bientôt les dévorer.

— Oh ! fou que tu es, dit-elle, tu veux donc que nous mourions de faim ? Eh bien ! tu n'as qu'à chercher les planches de ton cercueil.

Elle ne lui laissa point de repos qu'il n'eût consenti.

— Mais les pauvres enfants me font pitié, dit le père.

Les deux enfants n'avaient pas pu dormir de faim, et ils avaient entendu ce que leur marâtre avait dit à leur père. Grethel pleura des larmes amères et dit à Petit Hans :

— C'en est fait de moi.

— Ne t'alarme pas, Grethel, dit Petit Hans ; ne t'épouvante point ; je nous sauverai bien.

Et quand les parents furent endormis, il mit sa petite robe, ouvrit la porte d'en bas et se glissa dehors. La lune était dans son plein, et les cailloux blancs, qui jonchaient le sol devant la porte, brillaient comme des écus. Petit Hans se baissa et en mit dans les poches de sa petite robe autant qu'elles en purent contenir. Puis il rentra et dit à Grethel :

— Console-toi, chère petite sœur, et dors en paix. Dieu ne nous abandonnera pas.

Et il se recoucha dans son lit.

Au point du jour, bien avant le lever du

soleil, la femme vint éveiller les deux enfants.

— Allons, debout, petits paresseux ! Nous allons dans la forêt chercher du bois.

Puis elle donna à chacun d'eux un petit morceau de pain et dit :

— Voilà pour votre repas de midi ; mais ne le mangez pas d'avance, car vous n'aurez pas autre chose.

Grethel mit le pain sous son tablier, parce que Petit Hans avait ses poches pleines de cailloux.

Ensuite ils se rendirent tous ensemble sur le chemin de la forêt. Quand ils eurent marché quelque temps, Petit Hans se retourna pour regarder la maison, et il recommença à plusieurs reprises.

— Petit Hans, demanda le père, qu'as-tu donc à regarder ainsi la maison ? Prends garde, et n'oublie pas tes jambes.

— Ah ! père, dit Petit Hans, je regarde mon petit chat blanc qui est perché là-bas sur le toit et veut me dire adieu.

La femme dit :

— Petit fou que tu es, ce n'est pas ton petit chat, mais le soleil levant qui rayonne sur la cheminée.

Mais Petit Hans n'avait pas cherché des yeux le petit chat ; il s'était contenté de tirer un des petits cailloux blancs de sa poche et de le jeter sur le chemin.

Quand ils furent arrivés au milieu de la forêt, le père dit :

— Allez ramasser du bois, enfants ; je vais faire du feu pour que vous ne soyez pas gelés.

Petit Hans et Grethel rapportèrent bientôt une charge de bois haute comme une petite montagne.

Les fagots furent bientôt allumés, et quand la flamme eut bien pris, la femme dit :

— Couchez-vous auprès du feu, enfants, et reposez-vous, nous allons dans la forêt couper du bois. Quand nous aurons fini, nous reviendrons vous chercher.

Petit Hans et Grethel s'assirent auprès du feu, et quand arriva midi, ils mangèrent chacun leur petit morceau de pain. Et comme ils entendaient des coups de cognée, ils crurent que leur père était dans le voisinage. Ce n'était pas la cognée, mais une grosse branche qu'il avait attachée à un arbre et que le vent faisait battre.

Quand ils furent restés longtemps assis, leurs paupières s'appesantirent de fatigue et ils s'endormirent. Lorsqu'ils se réveillèrent enfin, il faisait tout noir. Grethel se prit à pleurer et dit :

— Comment sortirons-nous maintenant de la forêt ?

Mais Petit Hans la consola :

— Attends un instant que la lune se soit

levée, nous retrouverons bientôt le chemin.

Et quand la pleine lune se fut levée, Petit Hans prit sa petite sœur par la main et suivit la trace marquée par les petits cailloux qui brillaient comme des écus neufs et leur montraient le chemin.

Ils marchèrent ainsi toute la nuit et arrivèrent à la pointe du jour devant la maison paternelle.

Ils frappèrent à la porte, et quand la femme ouvrit et vit que c'était Petit Hans et Grethel, elle leur dit :

— Méchants enfants, pourquoi avez-vous dormi si longtemps dans la forêt ? Nous croyions que vous ne vouliez plus revenir.

Mais le père se réjouit, car il avait eu le cœur serré de les avoir ainsi abandonnés.

Quelque temps après, il y eut, de nouveau, misère dans tous les coins, et les enfants entendirent leur belle-mère dire dans leur lit à leur père :

— Tout est mangé, nous n'avons plus qu'un demi-pain, et puis ce sera la fin de la chanson. Il faut que les enfants s'en aillent : nous les conduirons encore plus au fond de la forêt, pour qu'ils ne retrouvent plus du tout leur chemin ; il n'y a point d'autre salut pour nous.

Le père s'affligeait beaucoup de ce dessein : et il pensait : « Tu ferais mieux de partager ton dernier morceau de pain avec les enfants. »

Mais la femme ne voulut rien entendre, se
moqua de lui et l'accabla de reproches. Quand
on a fait le premier pas, il faut faire le second,
et puisqu'il avait cédé la première fois, il
devait aussi céder la seconde.

Cependant les enfants étaient restés éveillés et avaient entendu la conversation. Quand
les parents furent endormis, Petit Hans se
leva de nouveau et voulut descendre pour
aller ramasser des cailloux comme la première
fois ; mais la femme avait fermé la porte, et
Petit Hans ne put sortir. Il rassura toutefois
sa petite sœur et dit :

— Ne pleure pas, Grethel, et dors en paix.
Dieu nous aidera bien.

Le lendemain la femme vint de bonne heure
obliger les enfants à se lever. Ils reçurent
leur morceau de pain qui était encore plus
petit que la fois précédente.

En allant à la forêt, Petit Hans émietta son
pain dans sa poche. Il s'arrêtait de temps en
temps pour laisser tomber à terre une
miette.

— Petit Hans, pourquoi t'arrêtes-tu et te
retournes-tu ? demanda le père, suis ton chemin :

— Je regarde mon petit pigeon qui est
perché sur le toit et qui veut me dire adieu.

— Petit fou, dit la femme, ce n'est pas ton

petit pigeon, mais le soleil levant qui rayonne sur la cheminée.

Petit Hans n'en jeta pas moins l'une après l'autre de place en place toutes ses miettes sur le chemin.

La femme emmena ses enfants encore plus au fond de la forêt, en un endroit où ils n'étaient jamais allés de leur vie. On y fit un grand feu et la mère leur dit :

— Restez là, enfants, et quand vous serez fatigués, vous pourrez vous coucher ; nous allons dans la forêt couper du bois, et ce soir, quand nous aurons fini, nous reviendrons vous chercher.

Quand il fut midi, Grethel partagea son pain avec Petit Hans qui avait émietté son morceau sur le chemin. Alors ils s'endormirent, et le soir arriva ; mais personne ne revint auprès des pauvres enfants. Ils ne se réveillèrent qu'à la nuit, et Petit Hans consola sa sœur en lui disant :

— Attends, Grethel, que la lune se soit levée ; nous verrons alors les miettes de pain que j'ai semées, et qui nous montreront le chemin de la maison.

Quand la lune parut, ils se levèrent, mais ils ne trouvèrent plus aucune miette de pain, car les milliers d'oiseaux qui volaient dans la forêt et dans les champs les avaient picorés. Hans dit à Grethel :

— Nous trouverons quand même le chemin.

Mais ils ne le trouvèrent pas.

Ils marchèrent toute la nuit, puis tout un jour, du matin au soir, sans parvenir à sortir de la forêt, et ils étaient mourants de faim, car ils n'avaient eu pour toute nourriture que les quelques baies qu'ils avaient trouvées sur leur chemin. Et ils étaient tellement accablés de fatigue, que leurs jambes ne pouvaient plus les porter ; ils se couchèrent sous un arbre et s'endormirent.

C'était le troisième matin depuis qu'ils avaient quitté la maison de leur père. Ils se remirent en route, mais ils ne firent que s'enfoncer davantage dans la forêt, et s'il ne leur arrivait pas d'aide, ils devaient mourir bientôt de privations. Quand il fut midi, ils virent un petit oiseau d'une blancheur de neige perché sur une branche ; il chantait si harmonieusement qu'ils s'arrêtèrent pour l'écouter. Et quand il eut fini sa chanson, il ouvrit ses ailes et s'envola devant eux, et ils le suivirent jusqu'à ce qu'ils arrivèrent à une petite cabane, sur le toit de laquelle il se posa, et quand ils s'approchèrent, ils virent que la cabane était faite de pain avec un toit de gâteaux et des fenêtres en sucre transparent.

— Entrons là, dit Petit Hans, nous y trouverons un repas béni. Je mangerai un morceau du toit, tu prendras une fenêtre, Grethel, c'est plus doux.

Petit Hans leva le bras et détacha un fragment du toit, pour savoir si c'était bon, et Grethel s'approcha d'une fenêtre qu'elle lécha.

Alors une voix partit de l'intérieur et dit :

Qui donc, qui vient sans raison
Tapôter à ma maison ?

Les enfants répondirent :

C'est le vent, le vent,
Le céleste enfant.

Et ils continuèrent à manger sans s'inquiéter. Petit Hans, qui prenait goût au toit, en fit tomber un gros morceau à terre, et Grethel enfonça une vitre toute ronde, s'assit par terre et croqua bravement.

Tout à coup la porte s'ouvrit et une femme vieille comme les pierres, qui marchait avec des béquilles, sortit de la maison. Petit Hans et Grethel furent tellement effrayés qu'ils laissèrent tomber ce qu'ils tenaient dans les mains.

Mais la vieille branla la tête et dit :

— Eh! mes petits chéris d'enfants, qui vous a conduits ici? Entrez donc et restez avec moi, on ne vous fera aucun mal.

Elle les prit tous deux par la main et les mena dans sa cabane. Elle leur servit un bon repas, du lait et des crêpes, avec du sucre, des pommes et des noix. Après quoi elle fit deux jolis petits lits avec des draps bien blancs, et Petit Hans et Grethel s'y couchèrent et se crurent au paradis.

La vieille ne s'était montrée si aimable qu'en apparence ; car c'était une méchante sorcière qui guettait les petits enfants, et qui n'avait bâti sa cabane en pain et en sucre que pour les allécher. Une fois que l'un d'eux était en son pouvoir, elle le tuait, le faisait bouillir, le mangeait, et c'était un jour de fête pour elle. Les sorcières ont des yeux rouges et ne voient pas bien ; mais elles ont l'odorat très fin comme les animaux et elles flairent l'approche des hommes.

Quand Petit Hans et Grethel vinrent vers la cabane, la sorcière eut un sourire mauvais et dit avec triomphe :

— Ils sont à moi, ils ne m'échapperont plus.

Le lendemain de bon matin, avant le réveil des enfants, elle était déjà debout, et quand elle les vit si gentiment endormis, les petits visages tout roses et joufflus, elle murmura :

— Voilà qui me fera un bon morceau.

Elle saisit Petit Hans de sa main osseuse, l'emporta dans une petite écurie et l'enferma sous clef derrière une porte grillée. Il eut beau crier, rien n'y fit. Puis elle alla vers Grethel, la secoua rudement pour l'éveiller et lui cria :

— Debout, paresseuse, va chercher de l'eau
et fais cuire quelque chose de bon pour ton
frère qui est enfermé dans la galère, où il
doit engraisser. Quand il sera assez gras, je
le mangerai.

Grethel se prit à pleurer amèrement ; mais
tout fut inutile, elle dut faire ce que la méchante sorcière exigeait.

On fit bouillir de bonne nourriture pour le
pauvre Petit Hans. Mais Grethel n'eut que
des débris de homard. Tous les matins la
vieille se traînait jusqu'à la petite écurie et
criait :

— Petit Hans, passe ton doigt par la
grille, que je sente si tu seras bientôt assez
gras.

Petit Hans montrait un petit os, et la vieille
qui avait de mauvais yeux, et croyait que
c'était le doigt de l'enfant, s'étonnait de ce
qu'il ne voulait pas engraisser. Au bout de
quatre semaines, Petit Hans restant toujours
maigre, elle perdit patience et ne voulut pas
attendre davantage.

— Hé toi, Grethel, cria-t-elle à la petite
fille, va lestement chercher de l'eau ; maigre
ou gras, Petit Hans sera tué demain et
bouilli.

Ah ! comme la pauvre petite sœur souffrait
de devoir porter l'eau où l'on allait faire
bouillir son frère, et comme les larmes ruis-
selaient sur ses joues !

— Mon Dieu, aidez-nous, s'écria-t-elle. Si nous avions été dévorés par les bêtes féroces dans la forêt, nous serions du moins morts ensemble.

— Epargne-moi tes jérémiades, dit la vieille, elles ne te servent de rien.

Le lendemain de bonne heure, Grethel dut se lever, pendre à la crémaillère le chaudron plein d'eau et allumer le feu.

— Nous ferons d'abord cuire le pain, dit la vieille ; j'ai fait chauffer le four et pétri la farine.

Elle poussa brutalement la pauvre petite Grethel jusqu'au four d'où sortaient déjà les flammes comme des langues de feu.

— Entre là-dedans, dit la sorcière, et vois s'il est bien chauffé à point, pour que nous puissions enfourner le pain.

Et quand Grethel y fut entrée, la vieille voulut fermer la porte pour faire cuire la petite fille et la manger aussi. Mais Grethel devina son intention et dit :

— Je ne sais pas comment m'y prendre ? Comment ferais-je pour entrer ?

— Tu es bête comme une oie, dit la vieille ; l'ouverture est assez grande, tu le vois bien ; je pourrais y entrer moi-même.

Et, s'avançant en béquillant, elle approcha la tête.

Grethel lui donna une poussée qui la fit entrer tout à fait dans le four, dont elle referma précipitamment la porte de fer en poussant le verrou.

— Oh ! eh... ! aïe ! Elle poussait des hurlements horribles ; mais Grethel prit sa course,

Petit Hans enfourcha le canard.

et la vilaine et méchante sorcière fut brûlée irrévocablement.

Grethel s'était empressée d'aller reprendre Petit Hans ; elle ouvrit la petite écurie et la galère et cria :

— Petit Hans, nous sommes sauvés : la vieille sorcière est morte !

Petit Hans sortit d'un seul saut comme un oiseau de la cage quand on lui ouvre la porte.

Ils étaient tout joyeux, ils s'embrassèrent, dansèrent de plaisir, se donnèrent des baisers de contentement.

Et comme ils n'avaient plus rien à craindre, ils entrèrent dans la cabane de la sorcière et y découvrirent dans tous les coins des cassettes remplies de perles et de pierres précieuses.

— Cela vaut mieux que des cailloux, dit Petit Hans.

Et il en mit dans ses poches, tant qu'elles pouvaient en contenir ; et Grethel dit :

— Moi aussi je veux rapporter quelque chose à la maison.

Et elle remplit son petit tablier jusqu'à l'ourlet.

— Maintenant allons-nous-en, dit Petit Hans, et sortons de la forêt ensorcelée.

Après avoir marché une couple d'heures, ils arrivèrent à une pièce d'eau.

— Nous ne pouvons la passer, dit Petit Hans, je ne vois ni passerelle ni pont.

— Ni petit bateau, repartit Grethel ; mais j'aperçois un canard blanc qui nage là-bas ; si je l'en priais, peut-être me porterait-il sur l'autre rive.

Alors la petite fille cria.

Le petit canard s'approcha aussitôt. Petit Hans s'assit sur son dos et invita sa petite sœur à s'asseoir aussi près de lui.

— Mais, répondit Grethel, ce serait trop lourd pour le petit canard ; il nous portera l'un après l'autre.

Et la bonne petite bête le fit, et quand ils furent heureusement arrivés de l'autre côté de l'eau, et eurent marché quelque temps, ils se reconnurent dans la forêt de mieux en mieux, et à la fin ils aperçurent au loin la maison paternelle. Alors ils prirent leur élan, tombèrent dans la maison, dans la chambre, et sautèrent au cou de leur père. Le pauvre homme n'avait pas eu un seul instant de bonheur depuis qu'il avait abandonné ses enfants dans la forêt ; mais sa femme était morte. Grethel vida son tablier, et les perles et les pierres précieuses tombèrent en rebondissant autour d'elle. Petit Hans sortit aussi par poignées de ses poches tout ce qu'elles contenaient.

Alors tous les chagrins prirent fin, et ils vécurent ensemble dans la joie la plus parfaite.

Mon histoire est finie. Là-bas trotte une souris ; qui la prend peut s'en faire un grand capuchon de fourrure.

POUCET

Un paysan bien pauvre était assis un soir devant son feu qu'il tisonnait, et sa femme filait.

— C'est bien triste, dit-il, de ne pas avoir d'enfants. Chez nous tout est silencieux, tandis qu'ailleurs on n'entend que cris de joie.

— Ah ! répondit la femme en soupirant, si nous n'en avions qu'un, un seul, quand il serait tout petit, pas plus grand que mon pouce, je serais heureuse : nous l'aimerions tant !

Leur vœu fut exaucé. La femme donna à son mari un petit garçon, tout petit, tout petit, très bien proportionné, mais pas plus haut que le pouce.

— Notre souhait est rempli, dirent-ils avec contentement, nous l'aimerons de tout notre cœur.

Et comme il était si petit, ils lui donnèrent le nom de Poucet.

Ils l'élevèrent avec sollicitude, ne lui refusant aucune nourriture, et pensant qu'il grandirait; mais sa taille n'augmenta pas d'une ligne, et il resta Poucet comme à la première heure de son entrée dans le monde. Il avait l'œil vif, malin; il était avisé, se tirait d'affaire en toute occasion, et réussissait dans tout ce qu'il entreprenait.

Un jour, comme le paysan s'apprêtait à aller abattre du bois dans la forêt, il se dit :

— Je voudrais bien que quelqu'un me conduisit mon char.

— Oh ! père, s'écria Poucet, je te le conduirai, tu peux compter sur moi ; il sera dans le bois quand tu en auras besoin.

L'homme rit de bon cœur :

— Comment t'y prendras-tu ? Tu es trop petit pour mener le cheval par la bride.

— Cela ne fait rien, père ; si mère veut bien atteler, je me mettrai dans l'oreille du cheval et je lui crierai par où il doit aller.

— Soit, dit le père; on peut toujours essayer.

Le moment venu, la mère attela. Poucet se blottit dans l'oreille du cheval et lui indiqua le chemin : hue, dia, à droite, à gauche. Cela allait aussi bien qu'avec un voiturier et le char arriva sans dévier à la place convenue dans la forêt.

Mais comme il tournait une haie, le petit criant : ho ! ho ! ho ! deux passants l'aperçurent.

4*

— Voilà qui est singulier, dit l'un, un char qui marche sans voiturier, et on entend bien crier le voiturier, mais on ne le voit pas.

— Cela n'est pas clair, dit l'autre ; il faut suivre ce char et voir où il va.

Le char entra dans la forêt, et s'arrêta juste à l'endroit où le paysan avait abattu le bois.

Quand le petit Poucet vit son père, il lui cria :

— Tu vois bien que je suis arrivé tout de même. Maintenant fais-moi descendre.

Le père prit la bride de la main gauche et retira avec la main droite le petit bonhomme de l'oreille du cheval, et Poucet s'assit tout gaillard sur un fétu de paille.

Quand les deux étrangers le virent, ils ne revinrent point de leur étonnement, et l'un dit à l'autre :

— Ce petit drôle-là pourrait nous rapporter beaucoup d'argent, à le montrer à la foire ; il faut l'acheter.

Ils abordèrent le paysan et lui dirent :

— Vends-nous ce bonhomme, il ne sera pas malheureux avec nous.

— Non, répondit le père, c'est mon trésor ; et pour tout l'or du monde je ne le donnerais pas.

Mais Poucet, en entendant la proposition, était monté sur l'épaule de son père et lui chuchota à l'oreille :

— Donne-moi, père, je reviendrai bientôt.

Alors le père le céda aux hommes pour une bonne poignée, d'argent.

— Où veux-tu t'asseoir ? lui dirent-ils.

— Que l'un de vous me mette sur le bord de son chapeau, je m'y promenèrai, je verrai du pays, et je ne tomberai pas.

Ils satisfirent à cette demande, et quand le petit Poucet eut pris congé de son père, ils partirent.

Lorsque le soir fut venu, le bonhomme dit à celui qui le portait sur sa tête :

— Faites-moi descendre, il fait trop frais, et puis les oiseaux qui passent me laissent tomber quelque chose dessus.

— Non, répondit l'homme, reste là, tu es bien.

Mais Poucet insista et au bout d'un moment :

— J'ai le vertige à cette hauteur, descendez-moi vite, vite, la tête me tourne, je vais tomber.

L'homme ôta son chapeau, et le posa par terre. Ils étaient dans un champ labouré : Poucet se glissa dans un sillon, puis disparut dans un trou de taupe.

— Bien le bonsoir, messieurs, cria-t-il : vous trouverez votre chemin sans moi.

Et il se moqua d'eux.

Ils fourragèrent avec leurs cannes dans le trou, mais ce fut peine inutile : Poucet s'enfonça dans la galerie souterraine et ils furent obligés de le laisser là.

Quand ils furent bien loin, il passa sa tête tout doucement au dessus du trou et regarda s'il n'y avait plus personne, puis il sortit de son refuge.

— Il fait noir comme dans un four, dit-il ; on pourrait se casser bras et jambes.

Par bonheur son pied heurta une coquille vide de limaçon.

— Dieu merci ! s'écria-t-il, voilà une maison pour moi.

Il s'y installa, mais il n'y était pas depuis longtemps, quand, sur le point de s'endormir, il entendit passer deux hommes dont l'un disait.

— Comment ferons-nous pour voler l'or et l'argent du riche fermier ?

— C'est facile, dit Poucet.

— Hein ! une voix ! fit le voleur effrayé ; j'ai entendu parler quelqu'un.

Ils s'arrêtèrent et écoutèrent.

Alors Poucet reprit :

— Emmenez-moi, je vous aiderai.

— Mais où es-tu ?

— Cherchez par terre et regardez l'endroit d'où vient la voix.

Les voleurs le trouvèrent à la fin, et l'un d'eux le prit dans sa main.

— Petitbonhomme, tu veux nous aider, toi ? demanda-t-il en riant.

— Mais certainement ; j'entrerai dans la chambre par les treilles de la muraille et de

la fenêtre, et je vous ferai passer tout ce que
je prendrai à l'intérieur.

— Ça va, on verra bien ce que tu peux
faire.

Quand ils furent devant la ferme, Poucet se
glissa dans la chambre et, une fois là, il se
mit à crier de toutes ses forces :

— Que faut-il prendre d'abord ?

Les voleurs eurent peur et dirent :

— Parle plus bas, tu vas éveiller tout le
monde.

Mais Poucet feignit de ne pas avoir compris
et cria de nouveau, à pleins poumons :

— Faut-il prendre tout ?

La cuisinière, qui couchait dans la chambre
voisine, l'entendit, se redressa en sursaut
dans son lit et prêta l'oreille. Les voleurs
avaient déjà pendu leurs jambes à leur cou
et fait un bout de course. Cependant, tout
étant silencieux et personne n'apparais-
sant, ils reprirent de l'audace.

— Le bonhomme veut nous faire une
farce, dirent-ils.

Ils revinrent sur leurs pas et tout bas :

— Fais vite et sois sérieux ; commence par
nous faire passer quelque chose.

Poucet cria encore plus fort :

— Je vous donnerai tout, vous n'aurez
qu'à tendre les mains.

La cuisinière entendit cette fois très dis-

tinctement, elle se leva et courut dans l'obs-
curité à la porte.

Les voleurs prirent la fuite, comme s'ils
avaient le diable à leurs trousses. La femme,
n'y voyant point, alluma une chandelle. Pendant ce temps, Poucet, sans être aperçu, se
cacha dans la grange. La cuisinière fouilla
tous les coins et recoins, ne découvrit rien et
se recoucha, pensant qu'elle avait rêvé tout
éveillée.

Poucet était monté dans le foin et s'était
arrangé pour y dormir. Il voulait rester là
jusqu'au jour, puis retourner chez ses parents. Mais il n'était pas au bout de ses aven-
tures, car il arrive bien des malheurs en ce
monde. La cuisinière quitta son lit au point
du jour pour donner du fourrage au bétail.
Elle alla tout d'abord dans la grange où elle
prit une brassée de foin, et elle mit tout
juste la main sur la botte dans laquelle Poucet était caché et endormi. Son sommeil était
si profond qu'il ne s'aperçut de rien et ne se
réveilla qu'au moment où la vache qui l'avait
ramassé avec le foin l'avalait.

— Ah! s'exclama-t-il, je suis pris dans le
moulin à foulon.

Il s'arrangea de manière à ne pas être
écrasé par les dents de l'animal et descendit
dans l'estomac du ruminant.

— Il n'y a pas de fenêtre dans cette petite
chambre, dit-il, et pas de soleil non plus ; je

ne sais pas si l'on apportera de la lumière.

Il se trouvait très mal dans cette poche, et ce qui l'y gênait surtout, c'est qu'il y entrait toujours de nouveau foin et que la place qui lui était laissée devenait de plus en plus resserrée.

Pris de peur, il cria :

— Assez de fourrage comme ça, assez de fourrage !

La cuisinière, qui trayait la vache, entendit parler, et reconnut, sans voir personne, la voix de celui qui l'avait déjà éveillée pendant la nuit ; elle fut tellement effrayée qu'elle glissa de son escabeau et renversa son seau de lait.

Elle courut en toute hâte dans la maison et cria au fermier :

— Notre vache a parlé.

— Tu es folle, dit le fermier.

Mais il alla voir quand même ; et à peine eut-il mis le pied dans l'étable que Poucet répéta avec épouvante :

— Assez de fourrage comme ça, assez de fourrage !

Le fermier eut peur lui-même, se persuada que sa vache était ensorcelée, qu'un démon lui était rentré dans le corps et la fit abattre.

On la tua, la dépeça, et on jeta sur le fumier l'estomac où était logé Poucet.

Le petit bonhomme eut beaucoup de peine à pratiquer une ouverture ; mais au moment où il passait la tête par le trou, il lui arriva une nouvelle mésaventure.

Un loup affamé accourut, vit l'estomac et l'avala.

Poucet ne perdit pas courage.

— Le loup entendra peut-être raison.

Et quand il fut dans la panse de la bête, il cria :

— Compère loup, veux-tu faire un bon déjeuner ?

— Où ça ? demanda le loup.

— Dans une maison que je connais. Tu n'as qu'à entrer par le ruisseau : tu trouveras du gâteau, du lard, de la saucisse, tant que tu voudras.

Et il lui indiqua la maison de son père.

Le loup ne se le fit pas dire deux fois, entra de suite, par le ruisseau, et se remplit la panse dans le garde-manger ou libre frairie.

Quand il fut repu, il voulut s'en aller, mais il avait tellement grossi qu'il ne put passer par le même chemin et resta pris dans le trou du ruisseau.

Poucet avait compté là-dessus. Il se mit à crier, à faire un vacarne épouvantable dans le ventre du loup.

— Tais-toi donc, dit le loup, tu vas éveiller tout le monde.

— Hein quoi ! riposta Poucet ; tu t'es rassasié, toi ; je veux ma part.

Il fit tant de tapage que son père et sa mère se réveillèrent, et allèrent regarder dans la chambre par une fente de la porte. Ils aperçurent le loup, et l'homme courut chercher la cognée, la femme la faucille.

— Reste derrière, dit le mari: quand je lui aurai donné le premier coup, s'il n'est pas mort, tu lui ouvriras le ventre.

Poucet, en entendant la voix de son père, cria :

— Prenez garde, je suis dans la panse du loup.

— Ah! Dieu! s'écria le père plein de joie, notre enfant est retrouvé.

Et il dit à sa femme de ne pas se servir de la faucille, de peur de faire mal à Poucet. Ensuite il assomma le loup d'un coup terrible, et avec un couteau et des ciseaux, ils l'éventrèrent, et lui retirèrent du corps le petit bonhomme.

— Ah! dit le père, te voilà enfin! Mais tu nous as donné beaucoup de soucis. Qu'as-tu fait, tout ce temps ?

— J'ai fait un petit tour du monde, et vous voyez, je reviens frais et dispos.

— Et où donc as-tu été?

— Ah! père, d'abord dans un trou de souris, puis dans un estomac de vache, puis dans une peau de loup ; mais je ne veux plus voyager, j'aime mieux rester avec vous.

— Et nous ne te vendrons plus, quand ce

serait pour tout l'or du monde, diront les parents.

Ils le caresseront, l'embrasseront et lui firent faire un nouveau costume, car celui qu'il avait s'était sali en route.

TABLE DES MATIÈRES

TABLE DES GRAVURES

POITIERS — TYPOGRAPHIE OUDIN ET Cie